LABIRINTOS
Parques Nacionais

NURIT BENSUSAN

ilustrações
GUAZZELLI

Editora
Peirópolis

O que são parques nacionais?

A palavra parque tem a mesma origem que a palavra paraíso, e não é por acaso. Os parques nacionais abrigam paisagens incríveis, às vezes **paradisíacas.** Eles foram criados, originalmente, com essa ideia: conservar belas paisagens naturais para as gerações futuras. O primeiro deles, o Parque Nacional Yellowstone, foi criado nos Estados Unidos em 1872, ou seja, há 140 anos.

No Brasil, o primeiro parque foi criado em 1937, o Parque Nacional de Itatiaia, no estado do Rio de Janeiro. Logo depois, em 1939, foi criado o Parque Nacional do Iguaçu. De lá para cá foram criados mais **65** parques nacionais em todos os estados brasileiros.

Os parques, junto com outras áreas protegidas, fazem parte do Sistema Nacional de Unidades de Conservação. Unidades de conservação é o nome genérico dessas áreas especialmente protegidas. Os parques nacionais são **unidades de conservação** que têm como objetivo, além da proteção ao meio ambiente, a visitação. Como várias outras unidades de conservação no país, muitas vezes sua criação acaba criando conflito com populações que residem em áreas destinadas à proteção ambiental, pois segundo as leis brasileiras as pessoas não podem morar dentro dos parques nacionais.

O desafio continua sendo conservar a **diversidade** biológica do país sem causar mais exclusão social e sem prejudicar as comunidades locais.

Isso sim é um tremendo **labirinto...**

Parque Nacional de Abrolhos	6
Parque Nacional de Anavilhanas	10
Parque Nacional de Fernando de Noronha	14
Parque Nacional de Brasília	18
Parque Nacional de Aparados da Serra	22
Parque Nacional da Serra da Capivara	26
Parque Nacional do Iguaçu	30
Parque Nacional dos Lençóis Maranhenses	34
Parque Nacional do Pantanal Matogrossense	38
Parque Nacional do Grande Sertão Veredas	42
Parque Nacional da Tijuca	46
Parque Nacional do Pico da Neblina	50

Parque Nacional de
Abrolhos

Abra os olhos, ou melhor, abr'olhos, e entre nesse labirinto de ilhas rodeadas por águas perigosas com cuidado; afinal, muitos navios já naufragaram por aqui.

Localização
Litoral sul da Bahia,
a cerca de 70 quilômetros da costa

Data de criação
6 de abril de 1983

Área
88.249 hectares

Abra os olhos que lá tem bode

Você sabia que existem vulcões no fundo do mar? Muitas ilhas surgem por causa de erupções desses **vulcões:** as ilhas que formam o Parque Nacional de Abrolhos surgiram assim, há 50 milhões de anos, um pouco depois da extinção dos dinossauros, que aconteceu há 65 milhões de anos.

A maior área de recifes de coral do Atlântico Sul, berço de muita vida marinha, fica nesse parque. Seu ponto mais alto tem apenas 36 metros, a altura de um prédio de 12 andares: uma colina na ilha Redonda. É nessa ilha que as tartarugas-cabeçudas colocam seus ovos no verão, mas as fragatas, aves marinhas, também fazem seus ninhos ali o ano inteiro. Se você tiver sorte e estivermos nos meses de julho a novembro, poderá encontrar uma baleia **jubarte** vinda lá do polo sul para que seu filhote nasça nas águas quentinhas de Abrolhos!

Se você pensa que as aves e criaturas marinhas são as únicas em Abrolhos, está muito enganado. Surpresa: lá também há… **bodes!** Diz a lenda que na época das grandes navegações, toda vez que o capitão de um navio chegava a uma ilha desabitada deixava um bode e uma cabra, pois caso seu barco naufragasse a tripulação teria o que comer. Resultado: ninguém comeu os bodes de Abrolhos, e hoje eles já são 60.

Parque Nacional de
Anavilhanas

Anavilhanas é um labirinto natural: nas chuvas, é difícil navegar sem se perder entre as ilhas e, na estação seca, o difícil é navegar sem encalhar...

Localização

Rio Negro, no estado do Amazonas, a cerca de 50 quilômetros de Manaus

Data de criação

29 de outubro de 2008

Área

350.018 hectares

400 ilhas

Anavilhanas também é um arquipélago, ou seja, um conjunto de ilhas, mas não fica no mar, e sim no rio Negro. Quando o rio Negro se junta ao rio Solimões, forma o rio Amazonas, o maior rio do mundo. O **arquipélago** de Anavilhanas tem mais de 400 ilhas, mas, de novembro a abril, período das cheias do rio Negro, metade das ilhas desaparece. Sabe por quê? Porque, na Amazônia, existem duas estações muito bem definidas: a da seca e a das chuvas. Na seca, chove pouco e as águas dos rios baixam. Nas chuvas, com tanta água os rios sobem e, no caso de Anavilhanas, cobrem boa parte das ilhas.

Apesar de ter tantas ilhas, o arquipélago de Anavilhanas não é o campeão do mundo na categoria de maior conjunto de ilhas num rio. Esse título é de Mariuá, um outro arquipélago, também na **Amazônia,** com cerca de 700 ilhas.

Entre 1981 e 2008, Anavilhanas foi uma estação ecológica, ou seja, uma área especialmente protegida, dedicada somente à **conservação** da natureza e à pesquisa. Mas quem resistiria à ideia de visitar um lugar desses? Assim, o arquipélago foi transformado em um parque nacional, que pode ser visitado por todos nós.

Parque Nacional de
Fernando de Noronha

Umas das maiores atrações do parque são os golfinhos-rotatores, verdadeiros acrobatas que saltam e dão cambalhotas no ar. Há ainda as tartarugas, boas guias para as praias. Você pode nadar com elas e ajudar na preservação de um filhotinho...

Localização

Litoral de Pernambuco, a 545 quilômetros da costa de Recife e 345 quilômetros do cabo de São Roque, no Rio Grande do Norte

Data de criação

14 de setembro de 1988

Área

11.270 hectares

Presos no paraíso

O arquipélago de Fernando de Noronha, com suas 21 ilhas, faz parte do Brasil que não foi encontrado por Pedro Álvares Cabral e sim por outro português, Gaspar Lemos. Foi invadido por ingleses, franceses e holandeses e depois voltou a ser de Portugal. E sabe o que construíram ali? Uma prisão! Para evitar que os presos fugissem e se escondessem na mata, os guardas derrubaram as **árvores** da floresta que existia na ilha.

E agora... já era! Não há como recuperar essa floresta, pois não existe **água** em Fernando de Noronha. Até a água que as pessoas bebem tem que vir de outro lugar ou ser reaproveitada da chuva. Não sabemos como a floresta que existia ali se formou, mas antes, quando o arquipélago era apenas um pedaço do paraíso caído do céu, em pleno oceano Atlântico, as plantas viviam apenas com a água da chuva.

Na maior ilha de Fernando de Noronha fica a Vila dos Remédios. Não, não é o paraíso das farmácias, o nome é por causa da **igreja** que os portugueses construíram para Nossa Senhora dos Remédios.

Parque Nacional de Brasília

Prepare-se para compartilhar seu lanche com nossos primos distantes... mesmo que os macacos não tenham sido convidados para o seu passeio!

Localização
Distrito Federal, colado na cidade de Brasília

Data de criação
29 de novembro de 1961

Área
42.389 hectares

Piquenique com os macacos

Em Brasília, não tem quem não saiba onde é a "Água Mineral", mas muita gente não sabe onde é o Parque Nacional de Brasília. E isso é muito esquisito, sabe por quê? Porque a Água Mineral e o Parque Nacional de Brasília são dois nomes do mesmo lugar. E ambos são muito interessantes: "Parque Nacional" porque, afinal, o lugar é um parque nacional, e "Água Mineral" porque na área do parque, além dos córregos, há muita água **brotando** do chão: são os olhos d'água. Viu?

Nesse parque, a maior atração são as piscinas de água corrente. São duas, a "velha" e a "nova". A "velha" é a predileta da maioria dos visitantes, que já estão acostumados a dividir seu lanche com os macacos que moram por lá. É isso mesmo: você está fazendo seu **piquenique** tranquilo, conversando com seus amigos. De repente, se distrai e adeus pães de queijo!

Tamanduás, tatus, veados, capivaras e muitos outros animais do **cerrado** vivem no parque, mas também há muita gente que precisa dele para viver: ali dentro está a fonte que fornece água para as casas de uma parte importante de Brasília!

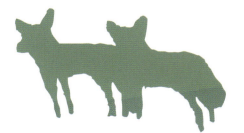

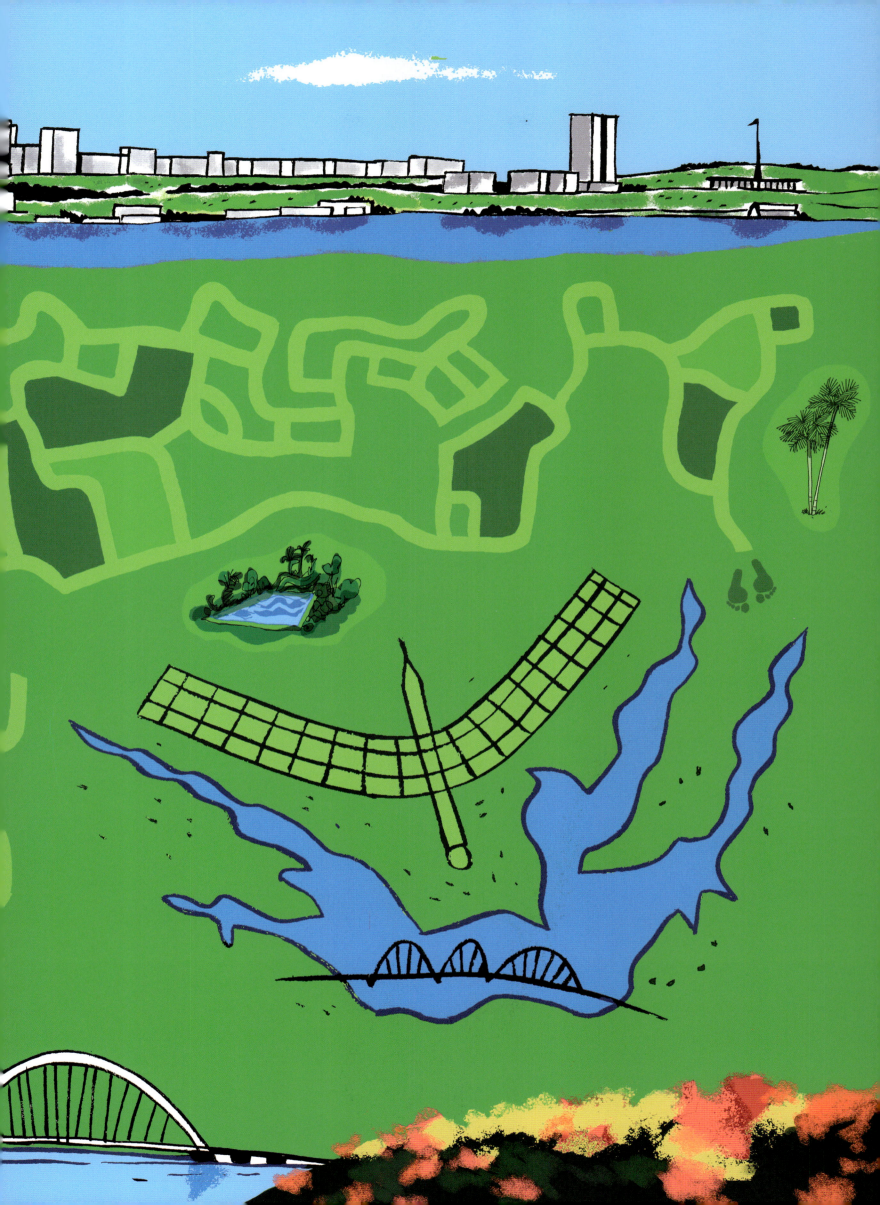

Parque Nacional dos Aparados da Serra

Há 130 milhões de anos, quando os dinossauros ainda vagavam por aqui, começaram a ser formar os cânions do Aparados da Serra. Talvez alguns desses imensos répteis tenham até mesmo caído nesses enormes abismos...

Localização
Entre o Rio Grande do Sul e Santa Catarina, nos municípios de Cambará do Sul e Praia Grande, a 208 quilômetros de Porto Alegre

Data de criação
17 de dezembro de 1959

Área
10.250 hectares

Bruxas no abismo

O Aparados da Serra reúne **cânions** de até 900 metros de altura, forrados por mata atlântica e araucárias, com quedas d'água altíssimas. O maior cânion é o Itaimbezinho, com 5,9 quilômetros de extensão e 600 metros de largura. Esse nome, de origem indígena, quer dizer "pedra afiada".

O parque conta com três trilhas: a do Vértice, pela borda dos cânions; a do Cotovelo, que leva a um mirante dos enormes paredões do Itaimbezinho, e a Rio do Bio, por dentro dos cânions. Essa trilha demora cerca de sete horas e é só para quem gosta de experiências radicais! Você **encara?**

Quem visita o Aparados da Serra logo percebe de onde vem esse nome: parece que as pedras foram realmente aparadas para formar esses cânions. Dizem as lendas que bruxas cavalgam cavalos à noite pelos cânions, trançando suas crinas… o incrível é que de manhã realmente aparecem cavalos com as crinas trançadas. A defesa, segundo os moradores locais, é passar **alho** na crina do cavalo. É, parece que não são só os vampiros que não gostam de alho.

Parque Nacional da
Serra da Capivara

Aqui podemos comprovar que os homens pré-históricos eram grandes desenhistas: são 657 sítios arqueológicos com pinturas rupestres! Mas quando eles viveram e como desenhavam?

Localização
Sudeste do Piauí, a 530 quilômetros de Teresina, e a 300 quilômetros de Petrolina, em Pernambuco

Data de criação
5 de junho de 1979

Área
129.140 hectares

Os desenhos do tempo das cavernas

A serra da Capivara é um lugar onde se pode aprender muito sobre como viviam os homens pré-históricos no Brasil. Ali se encontram pinturas **rupestres** e vestígios de antigos acampamentos de grupos que caçavam animais e coletavam frutos, raízes e sementes, além de outros que viviam em aldeias e eram ceramistas e agricultores pré-históricos. Pesquisas mostram que os humanos já viviam ali há 50 mil anos. Isso é muito tempo... imagine que os portugueses só chegaram no Brasil há 500 anos.

As pinturas rupestres são desenhos feitos nas paredes das **cavernas,** mostrando animais, cenas de caça e formas geométricas. É como uma forma primitiva de história em quadrinhos, mas sem palavras. Com elas foram encontrados muitos pedaços de vasos, pratos e potes.

Animais muito diferentes também habitavam a serra da Capivara: preguiças-gigantes, **mastodontes** e tatus-gigantes.

A paisagem é impressionante: enormes paredões de pedra, cavernas, grutas e as plantas da **caatinga,** com cactos e árvores de troncos retorcidos devido ao clima seco. Há várias trilhas e passeios para fazer no parque, inclusive à noite. Os locais mais famosos são a pedra Furada, símbolo da serra da Capivara, e o baixão das Andorinhas, um lugar entre as montanhas de onde se pode assistir, no final da tarde, a uma quantidade enorme de andorinhas sair voando.

27

Parque Nacional do
Iguaçu

Cabeça de vaca? Garganta do diabo?
Cobra gigante? Santos Dumont?
Que história maluca é essa?

Localização
Oeste do Paraná,
a 670 quilômetros de Curitiba

Data de criação
10 de janeiro de 1939

Área
185.262 hectares

A fúria da cobra grande

A maior atração desse parque são as cataratas do rio Iguaçu, um conjunto de cerca de 275 quedas d'água na fronteira entre o Brasil e a Argentina. Do lado argentino, há também um parque, **Iguazu.** Curiosamente, o primeiro europeu a chegar nessas cataratas foi o explorador espanhol Álvar Núñez Cabeza de Vaca. Será que ele tinha mesmo uma cabeça parecida com a de uma vaca?

Conta a lenda que as cataratas foram criadas por um deus raivoso, **M'boi,** que tinha a forma de uma cobra gigante. Ele queria se casar com uma índia, Naipi, mas ela fugiu com seu namorado Tarobá numa canoa. M'boi, enfurecido, cortou o rio, criando as cataratas e condenando Naipi e Tarobá a uma queda eterna.

Claro que não se pode cair eternamente nessas cataratas, mas a maior delas, a Garganta do Diabo, é realmente **assustadora:** 85 metros de altura, 150 metros de largura e 700 metros de comprimento.

Quem deu a maior força para essas cataratas serem protegidas foi Santos Dumont, inventor do avião. Agora podemos agradecê-lo duplamente; afinal, podemos **sobrevoar** o parque graças a seu invento enquanto vemos as cataratas.

Parque Nacional dos
Lençóis Maranhenses

Alguns chamam os Lençóis Maranhenses de deserto. Como pode haver um deserto tão cheio de água?

Localização

Litoral do Maranhão, nos municípios de Barreirinhas, Humberto da Cruz, Santo Amaro e Primeira Cruz

Data de criação

2 de junho de 1981

Área

155.000 hectares

Um labirinto móvel

Mais de metade desse parque são dunas entremeadas de lagoas: um labirinto em grande escala e em transformação o tempo todo, pois quando o vento sopra leva a areia e muda as dunas de lugar. Elas chegam a ter a altura de um prédio de 15 andares, e a paisagem de fato lembra lençóis espalhados numa cama. As lagoas são formadas pela água da chuva e algumas desaparecem na estação mais seca. Além das lagoas, o parque tem manguezais, rios e praias.

A lagoa Azul e a lagoa Bonita são as mais famosas, tanto pela beleza como pelo gostoso banho que oferecem. Uma atração interessante é o farol de **Mandacaru,** com 54 m de altura, de onde se pode ver os Lençóis bem do alto.

Por muito tempo as pessoas ficaram intrigadas com algo que acontecia nas lagoas dos Lençóis: na estação da seca, elas secam, na estação da chuvas, voltam a se encher de água... e de **peixes!** Mas de onde vêm os peixes? Depois de muitas ideias mirabolantes, descobriu-se que os ovos colocados pelos peixes ficam no fundo da lagoa, numa camada de lama que mantém a umidade, até que as lagoas se encham outra vez e os peixinhos possam nascer!

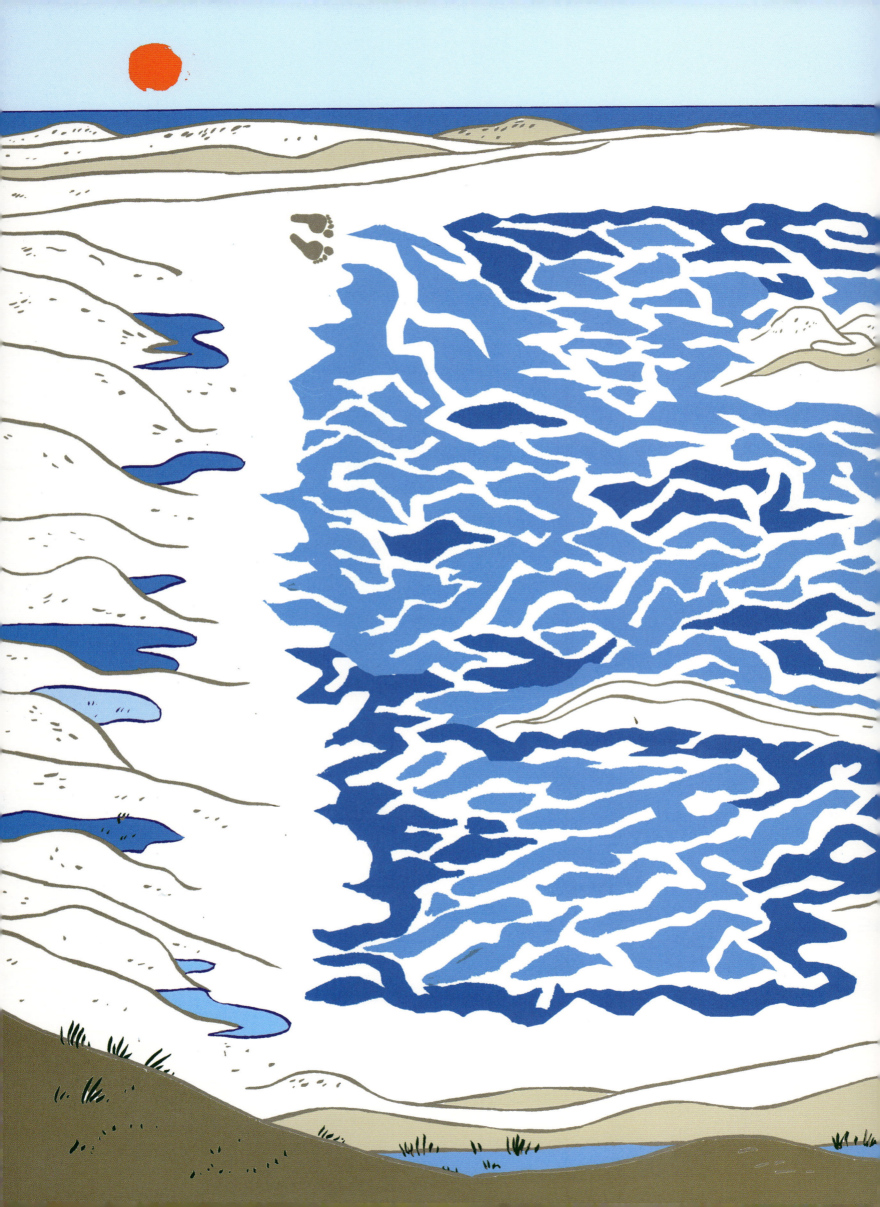

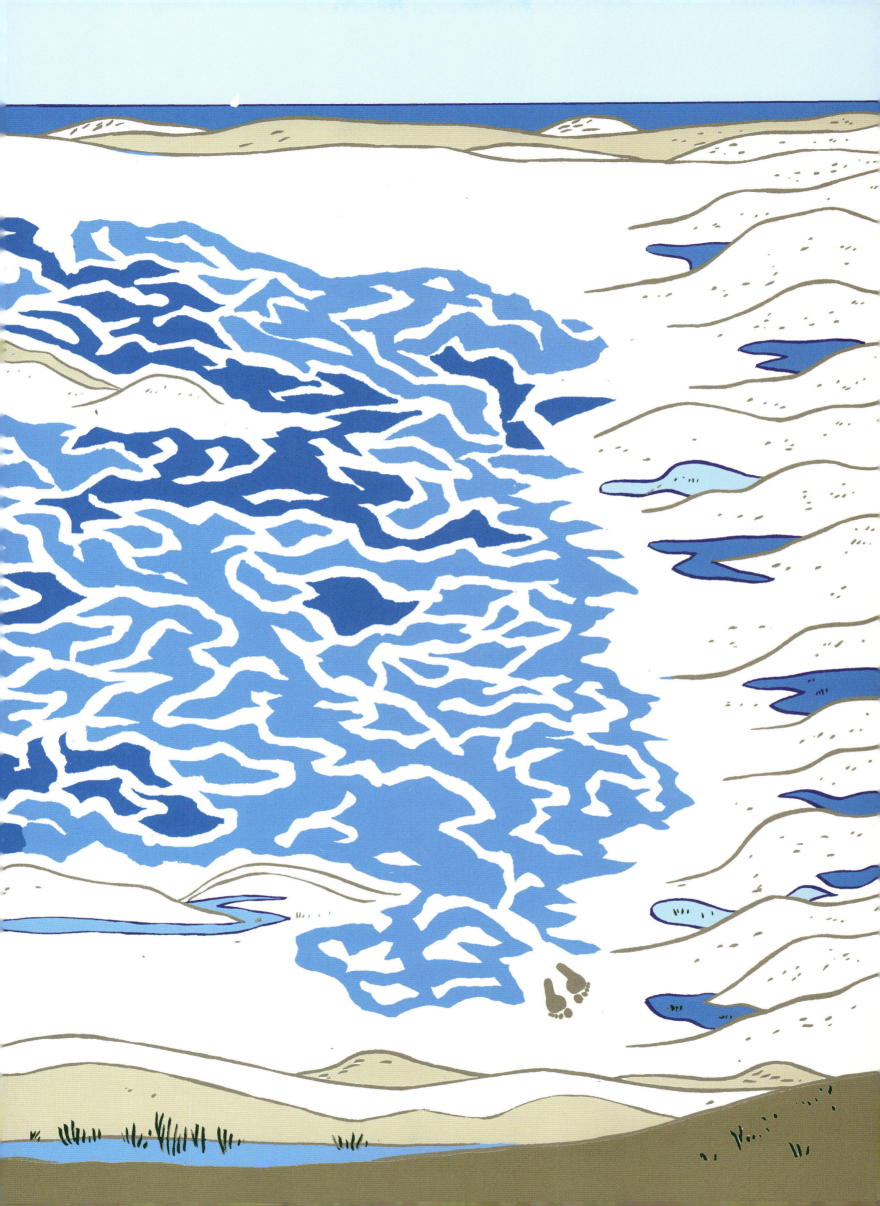

Parque Nacional do
Pantanal
Matogrossense

Tem água salgada no Pantanal, mas se alguém disser que está indo para lá pegar jacaré, desconfie, pois não se trata exatamente de pegar uma onda...

Localização
Extremo sudeste do Mato Grosso, no município de Poconé

Data de criação
24 de setembro de 1981

Área
136.028 hectares

Jacaré sem onda

O Pantanal é a maior planície **alagada** do mundo, ou seja, um lugar que fica boa parte do ano cheio de água. É também o lugar no Brasil onde é mais fácil ver animais silvestres, já que eles estão por todas as partes: existem ali 264 espécies de peixes, 652 de aves, 102 de mamíferos, 177 de répteis e 40 de anfíbios.

Tem tanto bicho que depois de algumas horas de visita ninguém liga mais para eles. Os mais exibidos são os jacarés, capivaras e tuiuiús. O **tuiuiú** é uma ave grande que só vive aqui na América do Sul e na América Central. Ela é chamada também de jaburu e parece estar sempre com um cachecol ou um colar, pois sua característica mais marcante é o pescoço vermelho, que contrasta com a cabeça preta e o corpo branco. Além dos animais, existem cerca de 3.500 espécies diferentes de plantas no Pantanal.

Uma curiosidade é que, mesmo tão longe do mar, no parque há lagoas de água **salgada**. Ainda não existe uma boa explicação para isso. Uns acham que a região era coberta pelo mar, outros acham que são os sais minerais que vêm se acumulando ao longo dos séculos, pois na seca a água evapora e sobram os sais. Mas uma coisa é certa: onda, não tem não...

Parque Nacional Grande Sertão Veredas

É livro ou é parque? Os dois! Esse é o único parque do Brasil que tem nome de livro: *Grande Sertão: Veredas* é um livro de Guimarães Rosa, escrito em 1956.

Localização
Na divisa entre a Bahia e Minas Gerais, a 350 quilômetros de Brasília

Data de criação
12 de abril de 1989, com 84.000 hectares e ampliado em 21 de maio de 2004

Área
230.853 hectares

Ah, o sertão...

"O sertão é do tamanho do mundo."

Assim dizia Guimarães Rosa, um dos maiores escritores do Brasil. Aqui isso parece ser verdade. O sertão, em geral imaginado como um lugar seco e árido, está repleto de vida e água nesse parque. Em 1951, o escritor passou mais de um mês andando pela região em lombo de mula, conversando e convivendo com os sertanejos, os moradores do local. Ouviu muitas histórias e delas surgiu a inspiração para o livro.

Esse é o maior parque do cerrado. Protege paisagens variadas e também animais, muitos dos quais ameaçados de extinção. Lá você pode nadar nas praias no rio **Carinhanha**, cujas margens estão repletas de palmeiras buritis. Também é possível se banhar nas várias cachoeiras do parque, como a do Mato Grande, que possui pequenos poços ideais para um bom banho.

Essa é uma região cheia de festas populares, cantorias, chás e remédios feitos de ervas. Os **sertanejos** ainda estão por lá, mas cada vez em menor número. Ainda assim, visitar o parque é fazer uma viagem no tempo, entrando no mundo de *Grande Sertão: Veredas*, de Guimarães Rosa.

Parque Nacional da Tijuca

Todo mundo conhece uma parte importante desse parque: o Corcovado e o Cristo Redentor, símbolos do Rio de Janeiro e cartões-postais do Brasil, estão dentro dele!

Localização
Cidade do Rio de Janeiro

Data de criação
6 de julho de 1961, com o nome de Parque Nacional do Rio de Janeiro; em 8 de fevereiro de 1967, teve sua área aumentada e seu nome mudado para Parque Nacional da Tijuca

Área
3.360 hectares

A floresta plantada por seis escravos

Nesse parque também está a maior floresta urbana do mundo, ou seja, a maior floresta dentro de uma cidade. Você sabia que essa floresta tão **impressionante** foi toda plantada por escravos?

Até meados do século XVII, ninguém mexeu na floresta da área que hoje é o Parque Nacional da Tijuca. Nos séculos seguintes, porém, o desflorestamento começou e a área foi ocupada por plantações de café e por casas. Mas, em 1861, Dom Pedro II resolveu mandar replantar a floresta, pois o desmatamento estava prejudicando o abastecimento de água da capital do Império, o Rio de Janeiro. Foram 100 mil **mudas** de espécies da mata atlântica plantadas por apenas seis escravos ao longo de 13 anos. Mais tarde, entre 1874 e 1888, outras 30 mil mudas foram plantadas e a floresta foi transformada numa área de lazer.

Depois, com a República, esqueceram outra vez do lugar. Na década de 1940 novamente se lembraram do local e hoje o parque, além da escultura do Cristo Redentor, tem vários recantos de **lazer,** como pontes, praças e lagos.

Aqui natureza e cultura estão tão **misturadas** que é impossível separar uma da outra.

Parque Nacional do Pico da Neblina

Você certamente já ouviu falar no pico da Neblina, o ponto mais alto do Brasil, mas... e no Yaripo?

Localização

No município de Santa Isabel do Rio Negro, no noroeste do Amazonas

Data de criação

5 de junho de 1979

Área

2.260.344 hectares

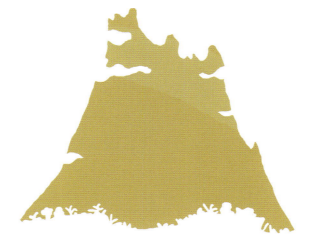

A terra de todos os povos

3.014 metros: o pico mais alto do Brasil. 2.992 metros: o segundo pico mais alto do Brasil. Pico da Neblina e pico 31 de Março: ambos dentro desse parque, mas também dentro da Terra Indígena **Yanomami.** Para esses índios, esses picos se chamam Yaripo e Masiripiwei.

Na região onde está esse parque vivem **22 povos** indígenas diferentes. O próprio parque se estende por três Terras Indígenas: a Balaio, a Yanomami e a Médio Rio Negro II. Na Terra Indígena Balaio vivem índios que pertencem a nove povos diferentes: Baniwa, Baré, Desana, Kubeo, Coripaco, Pira-tapuya, Tariana, Tukano e Tuyuka. Na Terra Indígena Yanomami, além dos próprios Yanomamis, vivem índios do povo Ye'kuana. E na Terra Médio Rio Negro II, além dos povos que vivem na Balaio, vivem ainda índios do povo Mirity-tapuya e Arapaso.

Até 1962, os brasileiros não sabiam que o pico da Neblina estava dentro do Brasil. Como ele está na fronteira com a Venezuela, acreditava-se que ele era venezuelano e seu nome era cume **Phelps.** Mas, antes, muito antes, ele já era o Yaripo...

Visitar sem detonar!

Os parques nacionais vivem um dilema:
como atrair mais visitantes, mas garantir que essa visitação não prejudique o meio ambiente?
Só tem um jeito: cada um deve fazer sua parte e todos têm que colaborar.

Não adianta

- se maravilhar com os recifes de corais de Abrolhos e jogar sacos e garrafas de plástico, que dificultam e ameaçam a vida das criaturas marinhas.

- escalar o pico da Neblina sem respeitar os povos que ali estavam muito antes dele ser chamado de pico da Neblina.

- se perder entre as ilhas de Anavilhanas se ali vamos achar milhares de latinhas de alumínio.

- passear na Floresta da Tijuca se o ar que respiramos é poluído.

- olhar o horizonte nas praias de Fernando de Noronha sem se preocupar em economizar água, pois na ilha não tem água doce.

- tentar entender o universo do Grande Sertão Veredas sem entender e respeitar o sertanejo e sua cultura.

- apreciar a fauna do Pantanal e depois achar interessante levá-la para casa também.

- aprender a admirar as árvores tortas do cerrado, em Brasília, e não evitar que elas peguem fogo por descuido com pontas de cigarros, churrascos em áreas não apropriadas e outras ameaças de fogo.

- ficar encantado com os Lençóis Maranhenses e querer andar de buggy nas dunas.

- se aproximar das cataratas de Foz de Iguaçu se a água que respinga é poluída.

- olhar para o fundo de um cânion nos Aparados da Serra e ver ali lixo.

- se perder em pensamentos sobre as pinturas rupestres dos humanos pré-históricos na serra da Capivara e achar normal encontrar uma pichação moderna bem ao lado.

Nurit Bensusan

Nurit Bensusan adora um parque. Começou com o parquinho da quadra onde morava em Brasília, continuou no Parque Nacional de Brasília, passou por vários outros parque nacionais, no Brasil e em outras paragens, voltou para o Parque Nacional de Brasília, onde fez sua dissertação de mestrado, e agora cuida de se perder nos parques, nos museus e em outros lugares bacaninhas pelo mundo afora... No mais, trabalha com a conservação da natureza nos parques, fora deles e em todos os outros lugares, até mesmo dentro de nossas cabeças. Para isso escreve, fala, cria jogos e inventa outras modas. Entre outros, é autora dos livros *Conservação da biodiversidade em áreas protegidas*, publicado pela Editora Fundação Getúlio Vargas, e *Meio Ambiente: e eu com isso?* e *Quanto dura um rinoceronte?*, ambos publicados pela Editora Peirópolis. Criou, entre outros, o Poseidon, um jogo sobre as áreas protegidas marinhas, como o Parque Nacional Marinho Fernando de Noronha. Assina, também, o blog *Nosso Planeta*, no Globo on-line (http://oglobo.globo.com/blogs/nossoplaneta/), faz parte do coletivo de ideias Biotrix (www.biotrix.com.br) e recentemente criou a Biolúdica, uma oficina de criação de jogos biológicos (www.bioludica.com.br).

Eloar Guazzelli

Guazzelli quase nasceu num parque, o de Aparados da Serra, no Rio Grande do Sul. Depois, em Porto Alegre, descobriu que outra área verde – o parque Marinha do Brasil – lhe servia como medida de tempo, pois acompanhou sua implantação, desde quando era um aterro sem vegetação até se transformar num conjunto de árvores imponentes que acompanha a orla do rio Guaíba.

Guazzelli cresceu, virou profissional do desenho em múltiplas linguagens – cinema, cartum, quadrinhos e ilustração (alemaoguazzelli.blogspot.com) – e hoje, em São Paulo, trabalha num estúdio que fica entre dois belos parques: o Ibirapuera e o da Aclimação, lugares que, além de inspirarem seus desenhos, são o lugar ideal para seus dois filhos entrarem em contato com a nossa grande mãe natureza. Esses e outros motivos verdes fizeram deste livro um trabalho muito especial.

Copyright © 2012 Nurit Bensusan

Copyright © 2012 ilustrações Eloar Guazzelli Filho

Editora Renata Farhat Borges
Editora assistente Lilian Scutti
Produção editorial e gráfica Carla Arbex
Projeto gráfico Márcio Koprowski
Preparação Andreia Moroni
Revisão Jonathan Busato

Editado conforme o Acordo Ortográfico da Língua Portuguesa de 1990.

1ª edição, 2012 – 2ª reimpressão, 2023

Dados Internacionais de Catalogação na Publicação (CIP)
(Câmara Brasileira do Livro, SP, Brasil)

Bensusan, Nurit
 Labirintos: parques nacionais/Nurit Bensusan; ilustrações Guazzelli. – São Paulo: Peirópolis, 2012.

 ISBN 978-85-7596-291-6

 1. Áreas de conservação de recursos naturais - Brasil 2. Ecossistemas - Brasil 3. Ecoturismo - Brasil 4. Parques e reservas nacionais - Brasil - Guias 5. Proteção ambiental - Brasil 6. Reservas ecológicas - Brasil I. Guazzelli. II. Título.

12-10311 CDD-918.81

Índices para catálogo sistemático:
1. Brasil: Parques nacionais: Descrição: Guias 918.81
2. Parques nacionais: Brasil: Descrição:

Disponível também na versão digital
nos formatos ePub (ISBN: 978-85-7596-500-9)
e KF8 (ISBN: 978-85-7596-501-6)

Missão
Contribuir para a construção de um mundo mais solidário, justo e harmônico, publicando literatura que ofereça novas perspectivas para a compreensão do ser humano e do seu papel no planeta.

A gente publica o que gosta de ler: livros que transformam.

Rua Girassol, 310F | Vila Madalena | 05433-000 | São Paulo/SP
tel.: (11) 3816-0699 | cel.: (11) 95681-0256
vendas@editorapeiropolis.com.br
www.editorapeiropolis.com.br